U0044755

中年男子情思境」 李敬

《祈祝語》

口罩美人

擋起鳳沫　藏不了
優雅風情　掩不住
豐唇溫潤　忘不掉
餘韻綿綿　四季如春

20130504

疫情第三年了，焦慮情緒難彌，
祈祝口罩美人，心有春風，緩緩燃起舒暢
正能量！
口罩型男，當亦如是！

為妳朗讀

陽光瀟落一片翠綠
微風輕拂的午后

為你朗讀
一窗陽光
一杯咖啡
一冊書扉
一個燦爛的笑容
一份分享的快樂

2012.0519

自序

我以一蕊綻放的紅玫瑰
重鑄好愉悅的笑容

　　在生活的某個當下，沸騰的心思、鬱結的情緒，常常將自己逼臨山崖邊、叉路道前。

　　五十歲後，隱逸生活心情，在某日夜半下班時刻，驟然來訪。且「月過十五光明少，人到中年萬事休。《增廣賢文‧上集》」萬事該休，日子當然仍要過，世俗事，酸甜苦辣鹹，或是春風得意馬蹄疾、或是舉槍四顧兩茫茫；人間有情，悲歡離合，或今昔瑣事，就在午後一杯咖啡與風吹的瞬間。

　　一時轉念，轉化書寫成文。

　　又，友人王淑惠一日轉贈池田大作等所著《法華經的智慧》兩冊，某時午後閱讀，特有感受：

　　我們每個人的內心，都存在著善良、慈悲與愛，我們或許無能惠利眾生，但至少可以是個善人。我們內心善良，就會閃爍金黃色的光，淨化生命。無奈現實是善惡相互依存，善心，也會莫名招來煩惱、苦難，我們要學會將一切苦惱，改變為朝向幸福的原動力；或進一步將惡，轉為揚善的火焰所需的薪柴。(20180629)

　　更多的時刻，有風吹的午後，就聞著咖啡香書寫，將生活瑣事，以文字轉化而成善美的中年心

境，將對應瑣事的心境，轉化為情思韻境：
　我用文字登上
　峰頂　裸月脂白　香氣芬芳
　我以一蕊綻放的紅玫瑰
　垂釣妳的愉悅笑容　　　　　（2014.0506）

　　我是資深媒體人，經常「在別人故事裡，流
著自己的眼淚。」〈席慕蓉詩〉。
　　因為資深，且要轉念、轉化新成，醃漬自己的
積習與業力，就在晨昏，就在當下：

　　除非能一夕翻白如霜，否則，斑白散髮，成不
了山水畫境，當然找不到遊徑。
　　即使龍杖闢路，也攀不上山頂，望不見海天一
色，也就不能如白雲遨遊。（2014.0506）

　　年華一瞬，一念之間。特此一誌。

2022.0718

目　　錄

祈祝語

口罩美人　　　　2
為你朗讀　　　　3

自序

我以一蕊綻放的紅玫瑰　垂釣妳愉悅的笑容　　4

《輯一》台語篇

烏魚子　　　　　　　14
冬至暝　　　　　　　15
呼咱有同款兮口氣　　16
阿嬤兮冬天　　　　　17
妳是春風　　　　　　18
窗啊　春風吹　　　　19
春秋無夢　　　　　　20
漁港娘啊　　　　　　21
胭脂嘴唇　　　　　　22
妳兮嘴唇　　　　　　23
老黑狗兮少年時　　　24
佇天邊兮心肝　　　　26
中秋月亮會圓無　　　27
共飲一杯茶　　　　　28

《輯二》銘謝譜曲成歌篇

〈銘謝二之一〉鄭智仁醫師　　30

將妳典藏　　31

花開了沒　　32

讓春天帶來希望　　33

〈銘謝二之二〉卓美攻女士　　35

聽嬤婆啊弄伊尪　　36

「嬤婆啊弄伊尪」的源頭　　38

白描一季冬　　40

中年男子戀秋風　　42

冰裂紋的唇印　　43

霧台之旅　　44

《輯三》低吟淺唱疫情曲

足跡　　46

對岸　　47

微風夏晨　　48

有風的上午　　49

離境心　　50

那天妳在電話說　　51

中年男子的焦慮　　52

聖杯祈禱文　　53

在疫情緩緩的當下　　54

《輯四》喝到剩一杯　就醉

喝到剩一杯就醉	56
夜半咳嗽聲	57
轉身	58
太虛之境	59
枯心聞著酒醇香	60
夏月夜	61
星昏月暈	62
山居之夜	63
再相逢	64
那襲寶格麗藍	65
壽山夜風	66
等　颱風夜臨	67
仲夏夜半	68

《輯五》戀戀紅唇溫潤

午夜紅唇	70
禮讚	71
午后的耶加雪菲	72
山風碎了花	73
魚尾紋	74
單杯咖啡	75
相約風鈴木下+	76

《輯六》半屏山下的那一扇窗

黃昏境	78
大口噎氣	79
中年男子的餘日彩光	80
中年男子的況味	81
山腳下一中年	82
暮色蒼茫	83
仰望金斗雲	84
等著歲月斑剝	85
秋夜凝視	86
黃昏的想像	87
聽雨的黃昏	88
不忍卒睹一中年	89
上弦月	90
相忘於江湖	91
跌宕文字堆	92
日記之一	93
半屏山下胭脂紅	94
幸福的五時三刻	95
春分寄情	96
春分之向晚	97
再走江湖	98
湖畔訪友	99
逸氣的形色	100

《輯七》中年男子情思境

車牌下等你　　　　　　102
南窗的午後　　　　　　103
蚵仔寮海堤上　　　　　104
蚵仔寮的浪　　　　　　105
安息如日落　　　　　　106
午間對話　　　　　　　107
那一抹藍光　　　　　　108
藍光情境　　　　　　　109
胸中逸氣　　　　　　　110
髮長髮短　　　　　　　111
且叫雨打窗前文字堆　　112
點燃一把火　　　　　　113
仰望　　　　　　　　　114
墨漬滴落　　　　　　　115
任風翻飛書　　　　　　116
林間秋午　　　　　　　117
雲不飛窗　　　　　　　118
掠景過心頭　　　　　　119
讀妳　　　　　　　　　120
醉酒的飛蚊跌落調色盤　121

自畫像　　　　　　　　122
相遇　　　　　　　　　123
聽見風去的聲音　　　　124
一語春來的清音　　　　125
策展明天　　　　　　　126
雨去的天涯　　　　　　127
那年戀蘭潭　　　　　　128
依然如是　　　　　　　129
不開窗迎妳　　　　　　130
點燃一朵菸雲　　　　　131
指間髮絲　　　　　　　132
冬月　　　　　　　　　133
著相否　　　　　　　　134
河堤秋夜　　　　　　　135
宿秋未醒　　　　　　　136
相遇在秋日午后　　　　137
西窗月圓　　　　　　　138
不如不見　　　　　　　139
思老友　　　　　　　　140
尋友未遇　　　　　　　141
訪老友　一悲嘆　　　　142
念舊時　　　　　　　　143

華岡　那一夜　　　144

海峽之外　　　　　145

我依舊如昔啊　　　146

春風拂過山頭月　　147

蒼桑之內　　　　　148

誰鎖西窗　　　　　150

露台冷　　　　　　151

春曉四季　　　　　152

庭前玫瑰　　　　　153

風吹的午后　　　　154

春心溫溫　　　　　155

裸月　　　　　　　156

念念如來　　　　　157

且在花季　　　　　158

買青春　　　　　　159

午后　　　　　　　160

孤獨　　　　　　　161

一心孤對窗前月　　162

餘生皆春曉　　　　163

尋春的軌跡　　　　164

夏晚風吹　　　　　165

後記

當疫情噬嚙藝術春情　　166

《輯一》 台語篇

童稚之年，媽媽的腔調與發音，相隨至今；
日常偶有驚嘆，寫成這些文字，力求音意相符。

烏魚子

那年　作客時拊
烏魚子
切片　細細咀嚼品味
優雅勝過一切

那暝　了後
烏魚子
歸跤夾起來咬
慢慢啊哺　咬齒甪咬舌
鹹香酥　含在嘴內
甜甘韻　沉落心內斗底

2015.0129

冬至暝

那時
阿母煮乎咱呷
一大鼎　熱熱鬧鬧
塞呷兮咱子　呷兩碗公

今夜
外口風寒 14 度
我佇置三民市仔
等一碗圓仔湯

我知影
妳已經睏落十三殿
這碗燒燙燙兮圓仔湯
我會叫你起來呷
呷乎燒燒　呷呼乾乾
不是為著麥生一個囊葩
因為　妳是我兮家後

2014.1223

中年男子
情思境

呼咱有同款兮口氣

妳愛好好呷飯
才有氣力想我
想我溫柔溫暖兮聲哨

我飲咖啡
最後一嘴會留呼妳
酸微酸微兮甘香
呼咱有同款兮口氣

2016.0928

阿嬤兮冬天

妳用燒氣爐
一人過冬
阿嬤用烘爐燒火炭
溫暖一厝間兮子孫

2014.1212

妳是春風

妳是我
熱烘烘兮心肝頭
一陣一陣兮春風
冰角加檸檬
加蜂蜜
攏無妳　涼甘甜

2014.0915

窗啊　春風吹

昨暝一杯酒
今仔日透早
一泡茶
茶湯甘香

酒意未退
眠床猶原燒燙燙
天青青　雲厚厚
窗啊…春風
攔在吹

2015.1104

春秋無夢

春秋無夢
擱越頭也無望

舊年這時　壽山腳
酒菜澎湃　桌聲封路
舞台頂　歌聲滿街巷
一群猴山啊兄
麻跳出來金金看

從此了後
酒國英雄兮狗聲乞丐喉
英雄氣概兮混世武功
有讓時　無讓日
啊！猴山兄兮大目睭
時常金金
看著目屎含目墘兮紅目睭
這時秋風夜雨
擱回頭也無了時

2017.0918

漁港娘啊

鹹鹹兮海風
有烘魷魚兮香味
臭豆腐嘛走來鬥一味

日頭落到海面
色彩紅紅黃黃
你兮船影黑黑
離岸愈來愈近

想到你兮臭汗酸味
心肝啊　砰碰踩
電鍋內兮魯肉香
燒燙燙
等你夾去配飯

2015.0119

胭脂嘴唇

下埔兮心情
半屏山頂烏雲薄薄
猶原看無你兮面容
糊幾層水粉

只有胭脂嘴唇
宛如那年八八風災兮山崙

2015.0807

好个嘴唇

呷著胭脂个嘴唇
花香粉味　色彩艷麗
日頭　有外長
思念　就有外長

呷無胭脂个嘴唇
溫溫綿綿　軟軟ＱＱ
暗暝　有外長
滋味　就有外長

2013.1029

老黑,狗今少年時

咱攏有清氣兮靈魂
引領著咱兮身軀
臨接沉落甕底兮慾望

曾經啊
咱是青春少年兄
靈魂常常無看影
三不五時嘛
暗頭啊　燒酒
一攤擱一攤

曾經啊
咱是青春少年兄
靈魂常常無看影
下埔時啊
相招來去呷下午茶

慾望親像呷三頓
有讓時不讓日　半暝啊

相招麻來西海岸
搧海風

曾經啊
咱是青春少年兄
清氣兮靈魂
甕底兮慾望
嘛會坐作伙
泡茶佇亭仔腳
擱有阮阿公兮扁擔柄

2014.0617

佇天邊兮心肝

那一瞑　月光
照入我兮心窗
溫柔兮手婆
摸著我兮長頭毛
目睭瞌瞌
臨接著你燒燙燙兮嘴唇

這時
坐佇高美館兮湖邊
水鴨仔雙雙對對
啊！咱萬年富貴兮約束
親像春天兮風吹
只存一條幼幼兮白絲線
欲安怎挽條條
你佇天邊兮心肝

●手婆：手掌

2014.0904

中秋月亮會圓無

秋天來　那年兮約束擱來到
舊年放阮一個佇車頭
等甲日頭落山後

春已去　秋又來
那年兮約束擱來到
三年來兮車頭
香香兮香水味　等甲
變做臭汗酸味
猶原看無伊落車的形影

擱是那年約束兮
八月十五
我目睭貓貓看　心頭砰碰踪
一直問我家己
甘麥擱去車頭
甘會擱　等甲日頭落山後

2014.0826

共飲一杯茶

因因果果
緣緣份份
共飲一杯茶
同吹春風笑滿面

因因果果
緣緣份份
咱嘟好來相堵
月娘笑落心肝底

2014.1122

《輯二》銘謝譜曲成歌篇

〈銘謝二之一〉鄭智仁醫師

　　生殖醫學名醫鄭智仁醫師，第13金曲獎得主；
千禧年獲美國「關懷台灣基金會」稱為「本世紀最
重要的、影響深遠的臺灣歌謠作家」並頒發「個人
傑出奉獻獎」、91年獲頒高雄文藝獎。

　　鄭智仁醫師解說：
　　昨日在臉書上讀到李新先生這篇——一個中
年男子的沉吟〈將妳典藏〉，深深觸動我心，徵得
先生同意後予以譜曲，昨晚試唱，父親說很好聽，
我向坐在母親生前常坐椅子上的父親解說這首曲
子，並一鏡到底錄影，雖然有一些瑕疵，但我很喜
歡那種感覺——這是母親去世後的第一首創作，
感覺母親就陪伴在我身邊。

2017/0806/在故鄉二水

將妳典藏

詞：李新

作曲 演唱：鄭智仁

將妳典藏
在山谷的雲霧裡
任憑東南西北風吹
隨類賦於身形悠悠；

將我隱藏
默默於人生一角落
仰息高樓棋佈的寸草間
靜看日昇日落

2017.0804

中年男子
情思境

花開了沒

詞：李新

聽聽　花開了沒
在初春疫情的午后
聞聞　花芬芳了沒
在有風掀翻綠葉的午后
妳醒了嗎

今晨陽光明麗
雲藍藍　風徐徐
我已疾疾過了河堤
想著　昨晚水晶杯上
那滴殘餘的紅酒
乾涸幾分了

2020.0304

讓春天帶來希望

詞曲：鄭智仁

聽　花開了沒
在初春疫情的午后
聞　花芬芳了沒
在有風掀翻綠葉的午后

啦啦啦啦啦……啦啦啦啦啦……
啦啦啦啦啦……啦啦啦啦啦……
讓春天帶來希望　撫慰這片大地
讓春天帶來希望　撫慰云云眾生
讓春天走不安
讓春天走悲傷

鄭智仁醫師摘取前文上半段文字，擴寫譜曲為「讓
春天帶來希望」，在完成後，2020 年 6 月 6 日 在
英文版上寫到：
讓春天帶來希望　Let Spring Bring Hope
以歌—為受 Covid-19 肆虐的人類祈福
以歌—為在第一線付出奉獻的醫護人員致敬
以歌—撫慰人心，用愛與希望為世界祈福。

本曲是我們的英文國際版-Let Spring bring hope，
我們希望透過音樂展現台灣的正能量，放眼世界，
為人類祈福。

很榮幸邀請到名音樂家廖瑛祥老師指揮的彰化雲
雀美聲合唱團，將把最美好的成果呈獻給我們所
疼惜的台灣這塊土地，並以誠摯優美的歌聲為人
類祈福。

我們要感謝智冠科技王俊博總經理強大的錄音團
隊、美麗的製作人田雅欣、張展榕老師的全力支
援，讓我們得以共同完成一首平易卻會是永恆的
作品。

台灣作曲家 鄭智仁 謹識

同聲三部中英文版：
http://www.youtube.com/watch?v=m8GYbbOQPGo
https://www.youtube.com/watch?v=TkD5YKzE01o
&ab_channel=kwokpollin

〈銘謝二之二〉卓美攻女士

感謝吳素蓮老師千金卓美攻女士，受託譜曲「嬌婆啊弄伊尪」，廣獲佳評！又續創作多首：白描一季冬、戀秋風、冰裂紋的唇印、遙對妳的赤裸～霧台之旅。

演唱家詹雪卿老師依據原曲新唱，並邀請知名二胡演奏家鄭愛華老師，兩位年輕的樂壇聖手：長笛手小黑林昆宏、大提琴手杜甦勤，於 2019 年 9 月 14 日，在高雄駁二 Banana 音樂餐廳演唱。

網址如下：
https://www.youtube.com/watch?v−jKlPy-o9KG

聽爐婆啊弄伊尪

詞：李新

（口白）
鬧嘴嘛無敢
問你昨暝兮酒攤　誰人先醉
事實上　我早就知影是誰人

甭是我愛囉嗦　愛雜唸
是因為你愛賭強
酒一下飲落去
世間只春你是查埔人

醉倒眠床腳　怪講眠床那會三丈遠
醉睏眠床頂　才知影被鼓有九呎高
清醒兮時拵
卡高你嘛爬過來

甭是我愛雜唸
是因為你愛賭強
那暝
騎歐兜麥雄雄撞倒電報柱
你有爬起來　錯、幹、六、譙
了後　無話無句到今朝

甘啊會曉甲我白銀堵黑銀

我同款愛雜唸　唸你愛賭強
酒一下飲落去
世間啊～
只有你是查埔子
卡高　你嘛爬會過去

啊～這時拵
你就爬起來乎我看麥啊
你就爬起來啊

2014.0319

「嬸婆啊弄伊尪」的源頭

叔公，是嬸婆第一擺相親
就結婚生子的查埔人
叔公少年時代煙斗漂撇
只是個性閉塞　無話無句

嬸婆生了有夠嬌　散赤家庭出身
17年的厝邊　無人知影尹會雜唸

甭知影　叔公何（凍）時開始
三字經若無先出嘴
話就無半句
喝酒了後
話，厚卡若雞母
卡撐　一直放一直講抹停

嬸婆50幾年的婚姻
一個愛錯幹六譙
一個愛囉咳愛雜唸
尪仔某攏嘸好聲哨
大聲喊　細聲應
巷仔內厝邊頭尾通人知
尪仔某飼七個子兒　大家攏頷樂

那時拵　政府嘛在「抓酒駕」
叔公日時做穡（做農）
暗時飲酒　嘛茫茫甫返去睏
安 SUZZKI、野狼仔　攏有騎過
嘛攏有犁田過　好家在
天公仔流血流滴人無代

偏偏那一暝　土地公伯嘛庇佑
騎偉士牌雄雄撞倒電報柱
天公仔子變做活死人──植物人

這是這首描寫嬤婆下半生照顧叔
公的生活，希望弄伊尪醒起來。

白描一季冬

詞：李新

　　昨晚的風
　　擁不入情懷
　　前夜跳不進窗的
　　星星　可望不可親

　　午夜的煙雲
　　如織的晨雨
　　手中的鋼筆
　　書寫著初春到立秋

20150812

白描一季冬

詞：李 新
曲：卓美玫

前夜的影 醉不入清空 那夜游不入夢

的月光可望 不可親 咋夜的風 擁不入

情懷 那依跳小爐竉的星星可望不可

及 午後的煙雲 如鐵的晨雨

手中的鋼筆 書寫初春到立秋

夜裡的相遇 飄落的舞曲 手中的

畫筆 刻畫一片白 茫 濛濛雪

影 飄進我心裡 那美艷冷傲的身影見

過 就烙心底

中年男子戀秋風

詞：李　新
曲：卓美攻

久 未 嚐 茶 真味 茶 香 散去 秋 風 裡

秋 風 去 了 西 子 灣 有 敲 響 你 的 窗 嗎

秋 風 去 了 太 平 洋 有 吻 別 你 的 厚 唇 嗎

秋 風 去 了 哪 裡 有 唸 念 著 那 一 首 詩 嗎 有

唸 念 著 那 一 首 詩 嗎

冰裂紋的唇印

詞：李　新
曲：卓美攻

妳又在

哪一個　　我陌生的城市　　倚窗的　咖啡杯　　留下

冰裂　紋的唇印　　我仍在　老地方　　仰望裸月

酒一　杯書一　冊　還有　妳的　　咖啡瓷杯

霧台之旅

詞：李　新
曲：卓美攻

花蕊　百態　千款風情
疾行　中年　千山萬水

雲裡出入　風中形變　唯一存心
人生一瞬　形銷骨毀　唯一存留

淡淡散入　幽室的蘭花香
薄霧繚繞　遠山的靜寂靜

《輯三》低吟淺唱疫情曲

足跡

疫情之外
林花謝了春紅　太匆匆
足跡　無心踏尋
我說

妳說
疫情之內
春情　朝來如雨晚來風
明年桃杏花開時
犢牛萌生　國家養
一來證明沒有在外作亂
二來緩解少子化國安問題
呵呵～

2020.04.22

如果你想聊聊
陳年烏龍或梨山茶
還有耶加雪菲
都是明媚樹影下的春光
我們聊著

夏日已到　春風賴皮不走
午後　伴有阿勃勒搖舞金光身影
妳語聲若鈴　笑艷如玫瑰
妳順髮若雲輕　深眸如明珠

在河堤垂柳的對岸
我的蒸雲
渙散於耶加雪菲的酸芳氣內

2020.0515

微風夏晨

沒有柴山風吹裸足
那等待疫情紓解的早晨
暖陽掙脫了烏雲
照耀烏龍茶湯
色色光光
藏著明漾的情緒
與妳閃亮亮的笑語

還沒來得及
與春天分享芳味
與燦爛的笑容
夏至已到來
那等著訴情的耶加雪菲啊

我真的是一枚負心漢
在枯等不到疫苗的長嘆聲裡

2021.0626

有風的上午

打完疫苗
路過凹仔底公園
32 度的艷陽下
有風多情
撩撥綠葉　如浪起伏
閃光如針晶亮

有風多情
親吻花容　左躲右閃
飄香四散零落

2021.07.07

莫聽疫情喧囂聲
且看落葉橫豎斜
枯黃自在任風去
祈求早日校正回歸
如常，一切如常。
見妳燦笑如常。
思妳笑語如常。
彩衣艷麗如常。

2021.07.12

那天妳在電話說

是否牽手走過湖畔
清風明爽
是否曾將妳擁入懷裡
槴子花味
是否深情吻過妳的豐唇
在月光下
是否在妳幸福笑容的耳邊
許下諾言

疫情警戒後的三個月
我已不復記憶
也將我心封鎖
封鎖在陋室一角
只有西窗的雨和風

2021.08.17

《輯三》低吟淺唱疫情曲

中年男子的焦慮

疫情浪濤　載沉載浮
行走於公園綠境
葉蒼綠　陽光亮麗
秋風涼爽　吹不進西窗

我是隨風遠揚
無以停駐的那抹烏雲

2021.10.04

每天讀著疫情中心的數字，
數字數字數字，近日始得「加零」
仙子芳蹤。
心寬神寧一些了！

聖杯祈禱文

晨霧也迷惘
藍天如昨去
手洗一葉見新綠
春陽乍現　親吻大地
冷身熱烘　我在樹蔭遊走

數念落下的黃葉
數念跨步多少到彼岸
一、二、三
風翻落葉　輕舞綠徑
呵　呵
驚訝一幅聖杯
祈禱　疫情速速散去

2022.02.18

在疫情緩緩的當下

如果
陽光太辣
就借一把傘
掩身曝心

如果
風刮骨寒
就穿一件風衣
煞煞的衣襬
證明還在走著

如果
五彩過強
就戴上墨鏡
疾疾馬蹄揚塵
訴說你從未停歇

2022.03.16

《輯四》喝到剩一杯　就醉

喝到剩一杯就醉

每次都喝到剩一杯
就醉了 今晚也是
月行薄雲间
雲霧方寸過
寸心芳草尋
唯有星星知

每次都喝到差一杯
就醉了 那天也是
花開襯嬌豔
嬌柔魅夏午
夏日綠蔭藏
只見美人笑

2013.0615

半杯紅酒　在這夜半
不聽名嘴的吵鬧
靜靜伴妳的呼吸

再倒紅酒半杯
遠街車聲噪入暗巷
更吹落　星也不如雨了
再啜一口　讓舌圓舞

輕靈的耳朵　已未聞妳的咳嗽
呵呵　我大口飲盡殘酒

2016.0308

轉身

轉身，我已老去。
三瓶紅酒，只剩一杯量。
留下的，不是銀行存款、床底現
金，
曾經的鑽戒金鍊玉鐲子。留下的，
只是書櫃上那只綠竹箱子內三綑情
書，
和妳嫁入我家時，大口吃烏魚子的
照片。

轉身　妳將老去。
且笑昨夜癡情，今日淡薄如春風。

2014.0114

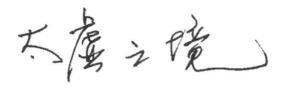

怕己心太淒涼
不敢獨進太虛境

河堤上
清酒一壺　輕風兩三口
星星太遠　月光太亮

老婆坐得太近
不敢獨遊太虛之境

2015.1123

枯心聞著酒醇香

酒，才剛倒上
你就跳出來報到
沒有如往昔要先問問

酒，尚未過三巡
你語言滔滔　如利劍如砲彈
差點給窗外弦月穿了心

我枯心聞著酒醇香
清風徐徐　待月滿西窗

2016.0526

夏月夜

黑莓味　再加上叫不出名的
果香　數不盡的深夜
靜靜聆聽規律喘息

已是第二杯紅酒
今夜的情緒很黑醋栗
露臺外　夏夜如墨
燦爛的笑容
杯裡的妳如亮月

2017.0607

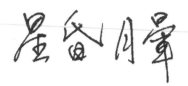

昨夜窗扉不響
黑醋栗果香
伴隨紅酒輕輕舞

剩一杯就醉
酒杯已空
酒心還在
酒情暖暖
而星已昏　裸月已暈

在哪裡
在哪裡
人　在哪裡
在不可名狀的狀態
不可表象的真象裡嗎

2015.0429

山居之夜

山風涼了
黑醋栗果香紅酒
寶格麗香水
淡淡薰草味
迷濛明白秋月

就喝到剩一杯就醉
聽著花開的聲音
賞味
綴滿山巒的微微星光

2016.0906

再相逢

金鍊藏垢　醉臥粉胸丘豁
麥卡倫兩公杯後
淚泣　花容屢成殘粧
那晚　你轉身離開這個城市
只有明月相送

幾回魂夢　酒酣杯見底
再相逢　鳳山溪畔綠柳姿
歌聲飄飄　鬧春無酒伴
眼尾紋彩淡抹流韻

2016.0701

那襲寶格麗藍

＋

多少月夜
我們刻意只問酒精濃度
選擇性遺忘喝了幾瓶

生命會有多少枯草花開
春風吹過　僅有感覺的寒窗
落落不盡　黃花幾瓣

而妳那襲寶格麗藍雲裳
不因我的暈醉
稍遜幾分亮彩

2016.0211

沒有去算清多少空空啤酒瓶
只知道壽山的夜風
吹不涼熱情
吹不熄烈火
吹不散年少輕狂的雄心

縱然
一路奔波　行腳春夏秋冬
彩筆已禿　鬢髮已霜
詩冊已舊　視野已茫

迴望
壽山的風雨如晦
夜空也會皓月星明

2015.12.15

等妳閃夜臨

午夜一點半
點一根菸　等妳到來
對面豪宅藍燈白燈
亮成水瀑　又變成無色

我站在露臺
大口吐煙　等妳到來
街燈下雨絲閃光急急
夜風裡　沒有妳的身影

又點一根菸
藍燈白燈亮成水瀑
我仍在露臺
大口吐著煙　一圈又一圈
半瓶紅酒就剩一口了

2014.0723

廿餘天了
今夜重臨露臺
腳下枯葉悉嗦
再吐個煙圈
圈不住遠星

紅酒果香濃郁
橡木桶味　飄散
早已去了街燈的亮光
緊緊黏住遠屋牆壁

聞不到味　只看見了影
一樣只喝到剩一杯
就醉　也就睡

2014.0709

《輯五》 戀戀紅唇溫潤

午夜紅唇

這時候的妳
是秋日餘暉後的星空
在月亮探出身子的不久
婀娜嬌姿　鮮紅豐唇
是妳
今天最魅惑的謝幕

2016.11.24

讓我吻上 37 分鐘
從豐唇的溫潤開始
如清風拂過
輕含耳珠　告一段落

在 37 歲生日這一天
留下如玫瑰花心的
齒痕　在脂白香肩

2014.0526

午后的耶加雪菲

跟不上雲的腳步
只好依風的方向
至於妳棲息了哪座山頭
就看餘味濃淡

南北奔波　畢竟不是好辦法
東翻西找　本不是終南捷徑
呵　呵
就靜靜喝上一杯耶加雪菲
在午後秋涼風裡
品味殘存的唇印

2017.0109

「山風碎了花」

呵呵。
酒過三巡，秋風夜來，月明高掛，
翻身不覺三更天！

哈哈。
依稀雲氣，午後花香，半醉癡迷，
咖啡怎勝昨唇香？

翠煙浮空，凝結不去。
春燈影雙對坐，山風碎了花，雨來跌落葉。
茶湯碧綠，唇舌韻香。

2016.0827

魚尾紋

這陣風雨
過後　我請妳喝咖啡

看魚尾紋的弧線如虹
凝望深潭般明眸
呼風喚雨　拍響落地玻璃窗
睥睨天下的豐唇　依舊否

請妳喝咖啡
已不再見當年
最愛的皓齒白牙
魚尾紋的弧線如旗尾山

2015.0825

單杯，咖啡

呼靜的心如浪
喚動的身如月
而啜飲咖啡的唇
溫潤著

直到夕陽闖入
忘情於拉上的窗簾內

2017.0516

相約風鈴木下

那日午后
妳拒絕留下唇印
相約明年再見

誰也未知雲風何去
來的　又怎會是妳的髮香

風吹不走薄雲
白衣飄飄
相見風鈴木下
金黃花朵似淚輕墜

妳渴望留下朱唇
綿綿　滄桑如史的
我唉聲再嘆

2015.0612

《輯六》半屏山下的那一扇窗

黃昏境

半屏山風來
無言無語　心情虛渺
回眸盈光
亮麗中年藍光境

我在　我在
蜉蝣人世
尋覓一方藍光境
守而外天下而能見獨

2022.0530

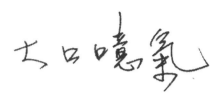

天下難事，必作於易；
天下大事，必作於細。（老子《道德經》）
一年之計在於春，一日之計在於晨。
今天立春，
半屏山腳孤獨一男子，
仰首黃昏的上弦月，
大口噫氣。

2022.0204

中年男子的餘日彩光

幾抹墨色暈染
戲耍地躲入樹叢
也沒能遮了妳的
餘日彩光

私藏半屏山腳下
一扇迎風的窗
小覷半餉
冷了濃醇的酸香咖啡

2021.0504

中年男子的況味

我們需要
一杯咖啡，不是 58°高梁
至於 glenfiddich 威士忌
大師笑說，喝了可以壯膽
有膽有識，可以革命！

我們需要
一分微微酸香，不苦澀
恬靜而自在的況味
呵．呵
人到中年萬事該休

2021.0201

《輯六》半屏山下的那一扇窗

山腳下一中年

哈哈
半屏山還在
驟來雨霧飄移綠林
偶降豪雨洗清土色
常在的雲白薄空藍
傍晚山頂夕彩如幻

哈哈
我在山腳下
仰望卅載　鬢髮斑白
獨對月冷　無處話淒涼

呵呵
忽有輕音遠幽亮
原是纖指輕彈水晶杯

2020.0916

暮色蒼茫
風吹習習
半屏山頂雲啊
幻相千千萬
形色如真似偽

未見天藍的唯一
風吹習習
哪一瞬間
半屏山腳下的人啊
輕咳兩聲
手裡菸霧散
獨留春草任繽紛

2020.0821

《輯六》半屏山下的那一扇窗

仰望金斗雲

滿天金斗雲
你一朵　我一朵
遨遊就從半屏山
夕陽霞彩東風來

你半身光亮麗
我舒心涼透意
呼風未聞萬竅怒號
捕光未悟明心見性

呵呵　呵呵

2020.0620

等著歲月斑剝

一座昏綠山頭
一片灰灰天空
一窗嫣紅
一杯咖啡　一本書

一個午後暖暖的冬陽
一陣有風的芬芳
一幅伸著懶腰的身軀

然後　等著
歲月斑剝的降臨

2020.0107

意念與呼吸同頻
呼來自然聲韻
沁入身心性靈

意念與聲韻同流
呼自妳的香韻
周流天地玄黃

意念與香韻同體
呼去寂靜蒼穹
夜半銘心酒濁

2019.1116

黃昏的想像

半屏山再削去一半
就能凝視妳的完美腰身？

如果 如果
絢爛霞海
遠來近悅窗前
驚奇 驚喜
之外 還能掬一瓢
煮沸 泡高山茶
手沖咖啡 陪你

2019.0811

聽雨的黃昏

雨聲中，輕聲的妳
雨音裡，細語的妳
窗，凝佇半屏山
眼，遠望山頂雲光

心，撞見佛陀
一身，濁世迷航

2019.0715

不忍卒睹一中年

2019 年了
26 度的春已逝
望春風
望到的都是膨風

唯一不變僅是半屏山
雲光幻形
無一時同樣
只有我依然

2019.0610

《輯六》半屏山下的那一扇窗

上弦月

望妳
仰首半屏山頂
車燈路燈商家的燈
燈燈不滅

望妳
半屏山形如墨
描上陰黑的天際
烏雲墨染夕陽金暉

望妳
海風轉向半屏山風
點燃一根菸
粘在指間亮著
半月明的中年人生

2019.0209

相忘於江湖

不相忘於江湖
在這枯葉將盡的午后
春花等著妝點盛開
或我們江湖不見

詩句的音律
長短詞的深情思戀
任意散游於半屏山上空
或吻上豐唇　品味四季
在這風浪有點不平靜
仍屹立不搖的煙囪下

2019.0130

《輯六》半屏山下的那一扇窗

跌宕文字堆

跌宕文字堆
指尖踢躂舞
心思困在半屏山
話仙伴著咖啡香

溽暑逼人
脫不脫衣啊
是疲憊空間
還好 有壽山蒼翠的思緒

2017.0819

日記之一

流瀉幾抹朱紅
立於天地之間
等待時間緩緩
緩緩　凝固成黃昏的夕彩

拾起心底的刀錐
橫鑽直刺　逆擊倒劈
慢慢手　雕琢一幅聖杯
然後藏在半屏山日記裡

2017.0320

《輯六》半屏山下的那一扇窗

半屏山下胭脂紅

至今猶唱
半屏山下胭脂紅
而你已離去多時

捲燙的及肩髮絲
漂浮著誘人栗果香味
駐留在拾級而上的階梯

至今我每上一階
胭脂殘紅　就明白一些

2016.1118

幸福的五時三刻

看～～雲在半屏山頂移形換影
想～～身隱雲霧裡隨風飄忽去

2016.0702

春分寄情

心情丟落殘雪坑
奮力爬不出深冬
迎接麗亮春陽成空
於是，叫花不醒

跌落茶湯的心境
煮不成清香甘韻
多情的香奈兒 NO.5
就讓它留在私訊
與半屏山同在

2016.0411

春分之向晚

大口吐菸
驅散不走半屏山頂
攏聚的烏黑雲團

路燈千般昏亮
映射不進紗窗
驟雨輕狂
撒潑跳入地板
冷風急襲
曾經大開的門扉

2016.0321

再走江湖

那些年的友朋
東漂西泊　大多
淹沒入紅色大海
這些年　未入佛門
自己禁錮家門
案頭山水　起起落落
半屏山雲　厚厚薄薄

近幾年
推窗迎風　鬢髮已白
縱走江湖　體衰神昏
再走江湖　再走江湖

2016.0128

湖畔訪友

要去山風盡頭
轉入第二條長巷
玫瑰花園旁　湖畔對岸

只有樂樹紅了　湖風輕涼
未聞咖啡飄香
未見如春紅的豐唇

半屏山風的心境
一頁頁散落湖底

2015.1226

逸氣的神色

～佇山腳看天頂

於是，我點了菸
大口大口，連著逸氣
猛力吐出　氣長如虹

於是，半屏山頂的夏雲
染上夕彩　嬉戲追風

2014.0710

《輯七》中年男子情思境

車牌下等妳

天已昏暗　雲灰薄白
在車牌下　秋涼得很
沒有點煙　靜靜的想像

等妳下車的當下
迎我怎樣的燦爛笑容
迎我怎樣的深情明眸

2017.1024

南窗的午後

準備好了嗎？喝一杯
我們說了好久好久
我們約了好長好長
從立秋到冬至的
一杯咖啡

再敲出數段妙論
再撿拾幾落精語
我泅泳於文獻斑駁陸離

妳遊走於僧眾衣香鬢影
準備好了嗎？
我們約好了的喝一杯
耶加雪菲
在陽光斜倚南窗的午後

20171128

《輯七》中年男子情思境

蚵仔寮海堤上

日頭偏西　差了兩度
命相師誤認虎神痣駐留睡臉
媒婆口說要成對
我們卻不成雙　各奔南北

蚵仔寮海堤上
日頭偏西了兩度
妳的笑容只有魚尾紋
不見虎神痣　命相師也早已過世
那日傍晚　我們沒有誤認彼此
嬉笑說著那一日的夕陽

日頭東日頭西
漁船風風浪浪
白鷺鷥最了解

20171122

蚵仔寮的浪

蚵仔寮的海浪
如花艷一朵朵盛開
在妳風韻的臉龐
召喚旅人一波波

誰料～
浪去海角天涯
我胸懷千軍的微笑
一如年少氣盛

而中年男子的心情
一種相思　兩種閒愁
才下眉頭　卻上心頭

2016.1214

●後兩句取自李清照《一剪梅》

安息如日落

感知外在的變化，
縱使天搖地動，
風雨如晦，雞鳴不已！

轉化成內心的一首歌、一闋詞，
或者一抹色彩、兩條交織的火與花
終將安息於日落！

旭日依然東昇！
青春的小鳥一去不復返了！
喧囂已如灶灰，低吟輕語！
沈寂正是四季，樂音不息！

2017.1121

午間對話

減蔡佐水果耶加雪菲
沒有感覺的感覺氣氛
理性　跑出去與山上那朵雲
約會　說著理性該有的邏輯

減蔡佐午間亮麗陽光
澄澄靜靜　梳理串串文字結節
條條理理　論說點點差異脈絡

也不是誰說了算
是看誰說得有據有理
而結論，就看誰有創意

2017.1118

那一抹藍光

心內斗底儲存一抹藍
飽滿的藍　豐滿的藍
不因紅酒粉粉透亮的美色而醉心
就是那一抹澄澄光境的藍

心內斗底閃著一抹藍色的光
就像所有人心中都有一個底色
燦爛輝煌時　色光耀眼也亮了眾人
歲月黯淡時　色光恆亮暖熱了自心

就是那一抹光境的藍
春鬧夏繁　秋蕭瑟冬風寒
不以魅影渲染　兀自發著光
在中年男子的心內斗底

2017.1021

藍光情境

不在人海遍尋
不在歲月裡懊悔
遠去的海景山嵐
就讓過去美好
美好的存在　不美好也是

不再網海虛擲時光
不用在白髮中翻找黑髮
僅剩的美好
就從當下實踐開始
在還沒有老到要回憶
要懷想塵封的星月時

2017.1006

《輯七》中年男子情思境

胸中逸氣

我心沒事
那些曾經抖落遺落失落
故意疏漏的種種前情往事

我心一片湛藍
或許霜滿鬢角
回首山高水長日月星辰
誰？能不紋理佈滿眼尾

即使鬱悶如陰雲席捲
我心有氣　沉丹田　周全身
大塊吐臆　恆如浩瀚
在舊情往事面前

2017.0920

髮長髮短

沒有去算　也沒有去記
雲水相遇幾多年

妳髮長髮短
妳倚望西窗
四季風
有著淡淡鹹味

妳素顏濃妝
妳凝眸神情
相思樹下
有著梔子花香

沒有去算　也沒有去記
幾多年　雲水相遇啊

2017.0904

《輯七》中年男子情思境

且叫雨打窗前文字堆

花容千萬艷
哪一樣可以入畫
又可以應化

花心萬千層
哪一蕊足以心安
又足以澄淨

花語好聽　花枝風動
而人間多少事
淡然一笑雲花開
且叫雨打窗前文字堆

2017.0823

點燃一把火

在生命的黃昏時刻
點燃一把火　橫視四周
草木野石成堆

孤影遺落身後　迎向無艮海洋
等待春風一拂的溫柔
在多少時日後風霜的臉龐

2017.0227

仰望

一抹青藍
去向海洋
去向蒼鬱
餘波波　難以名狀

再抹青藍
去的是形式內容
來的是情緒翻攪
滾燙燙　無以平復

三抹青藍
翠心出於青憂林
紫氣自來東方藍
而歲月悠悠啊

2017.0125

墨漬滴滴

滴落而成墨漬
如蓮的種子沉入深潭
靜待
花潤春　風涼夏
秋圓月　冬暖心

然後
韻成一朵紅蓮
在雲白沃原上

2017.0119

任風翻飛書

那些日子
只要能如煙火璀璨一刻
赴湯蹈火　沒有不可行

這些年來
清風明月　午后咖啡
也讓風　吹亂書頁
夫復何求　夫復何求

2017.0101

林間秋午

我在
林間秋午
空空茫茫的被欺騙感瑩亮
勝過雲隙金光

我思
生命的許多當下時刻　無以名狀
紫　惡其奪朱
荷　猶待盛開於殘葉

2016.1130

雲不飛窗

再　嬉弄生命
胭脂水粉　羅衫雲裳
樂音歡唱　杯晃交錯

再　戲弄生命
平浪親吻　足印沙灘
秋日午后　夕彩伴影

再　閱讀生命
琴棋書畫詩酒花
雲不飛窗　月不照人

2016.1024

撩景過心頭

夜酒如歌，鬆懈糾結思路。
午茶如風，舒暢波湧思緒。
在兩個時刻之間，
秋葉胭脂，春紅霓裳。
書寫雨窗如晴，潑彩煙霞如詩。

2016.1003

今天不說再見
多年後
希望我還記得你
不是因為颱風
是手掌上無法抹去的燒燙痕

氣息隨四季汰換
唇紅濃淡纖細
傷疤　好像永遠都在
就算當作肌理　堆疊厚油彩內
誘惑觀者的視網膜喜悅

2016.0927

醉酒的飛蚊跌落調色盤

用一個點來畫
該是薄唇　還是心肝

用一條線來畫
只橫到天涯海角
還是直上蒼穹

用畫刀來塗砌
紅燭昏羅帳的畫舫
拚博狂濤怒海的漁船

2016.0907

自畫像

枯成一株樹
根盤九尺深
等待一場豪雨

枯成一玉石
委身岩縫裡
等待一場天崩

枯成一縷輕煙
微微風相隨
氣味也就不斷腸

2016.0907

忘了怎麼去說
昨日相遇的韻事
湖的左側沒有步道
右徑青翠鋪滿碎石
綠草澀味隨風習習
就這樣走向碎石幽徑

雲白分五色
然後　一笑醒來

2016.0808

聽見風吹的聲音

葵絲燃燒
茶葉舒展
翻過一頁書
香水吻上咖啡
雲飛去
花豔鬧

呵　呵
一個中年魯男子的午茶時光

2016.0803

一語春來的清音

等待一場豪雨
說渴望的再見
就是那一抹春去的遺痕

聆聽四季更迭的韻律
花開落　月圓缺
風呼喚　雲聚散
就是那一語春來的清音

2016.0601

等候明天

兩隔的天涯
山頂風與雲　山腳水與石
同伴夕陽　早已在咫尺之遙

兩隔天涯的明天
千寸長的狂草與逸氣行書
百號抽象油彩色線形渾然
如何同室操戈或姿意放肆

我還是選個靠窗角落
點一杯耶加雪菲

2016.0520

兩去的天涯

不復記憶當年盟約
旗尾山下
旗山溪畔的夕陽

兩隔的青翠　不是
墨韻與油彩亮麗
山頂風吹　山腳流水
更不是我們盟約的內容

兩去的天涯
黃金葛爬滿頹圯牆垣
青春熱情
只剩放下與無常

2016.0519

那年遊蘭潭

睡眼惺忪走來
笑容如花宴
在我等著的
清晨的諸羅車站

蔥油餅遺落火車上
不僅一次　趣味我們的青春時光

從沒賞過阿里山四季
觸口橋的溪水
落日餘暉下
洗滌我們春夏秋的雙足
而夢迴的蘭潭泛月
怎是冬風下的一景呢

2016.0312

女人天生是要被男人照顧的。我說。
賣花女回首：聽到沒有！裡頭男人憨憨笑著。
也沒有減價，九朵紅玫瑰束成一畝花園。
我永恆的戀情！也是她們的戀情？

依然如是

早已不問情於春夏秋冬
快雨時晴　大暑紅霞
依然悠見南山

在林間　在溪畔
在人聲鼎沸的街弄
依然聽到妳如歌的清音

即使在今年的第一個冬夜
獨飲冷風呼呼　高樓上
依然聽見了花開的聲音

2016.0115

不開窗迎妳

枯坐書房，吟詠餘生。
晨茶午咖啡，夜酒長嘆息！
何以星月亮，
不開窗迎接柔光？

年華一瞬，夢沉書遠。
滔滔浪未伏，煙雲凝不散！
借問聖筊吉兆？
昏鴉鳴過斜陽外。

2015.0911

● 「年華一瞬，夢沉書遠。」引自周邦彥〈過秦樓〉

點燃一朵菸雲

在金色光爛下
妳騰空而東去

我僅是一尾鯊魚
浮於俗海　隨浪戲游
空與色　色身香味觸法
張嘴吞下　不留章簡片牘

然後　煮一杯咖啡
然後　點燃一朵菸雲

2015.0504

指間髮絲

髮絲　指間滑落
即使春天已來到
秋風蕭蕭的裸月
高掛露臺星空
依然

髮絲　滑落指間
我捻絲成雲　編髮如蓮
在午后夏荷池畔
等一陣涼風
吹來冬日的夕彩餘暉

2015.0423

冬天不見
咖啡香醇否？春茶清香否？
你掩門的枯葉落多少？

冬天不見
冷月多冷？寒星多寒？
你眠床的絨被溫熱幾許？

等初春的一天
共飲冬茶，湖畔清風
香，散入鼻息
韻，藏入喉裡

20141220

春相忘

我叫昨天留住了妳。
今天，看你依然在窗外。
妳在，明天心眼已無妳。

2014.1023

河堤秋夜

枯葉增厚了黑
夜，凝聚了燈
光，搖舞儷影

醉酒，走盡河堤路
夜月，幽徑影扶疏
喚妳千句，秋風涼涼吹孤星

2014.1014

宿彶未醒 +

涼風穿過門縫
月光映透窗櫺
獨夜的書房
紅酒溫暖不了白冷光

明窗看不清黑雲的層次
路燈照不明樹葉的脈絡
明亮雙眼
怎能看透妳的用心

2014.1210

相遇在秋日午后

不忘年少的秋日
幾許強說愁緒

而中年呢
習得靜與自然為師
四季更迭的花容
一如你金箔點點綴綴
繁華了艷麗
明亮了枯黃
中年人生如晨茶
溫溫一韻

2014.0929

西窗月圓

明知東風已不來
煎茶如常
檀香煙霧盈室

而西窗月圓
梧桐樹影下
斜躺一隻香奈兒高跟鞋

稀疏樹影外
DE BEERS 鑽石耳環
映著月光閃
獨亮

2014.0922

我們可以永不再見
及至終老

就用 fb 私訊與 Line 訊息
你談著親情如姊妹的快樂幸福
我述說恬靜的初老心境

就用電話聆聽妳當年稚嫩的聲音
我也會說著少年追求理想的旅程

我們可以永不再見
及至終老
卅年來
我藏匿你甜美的唇
我回憶你的掩嘴笑眼

2014.0529

思老友

那三年，正當年少。
稀飯配醬瓜，每晚十三支打完後；
冬夜，竹葉青暖身，理想熱情滿懷；
與一幫宜蘭弟兄，縱情言志在華岡頂峰，
「距離地獄最近的地方」，回響自夜深的山谷。

那一夜，初老心境，高粱配腰果。
尋覓多年未獲的宜蘭少年兄，
今何在？
思老友、情切如「風在催促雲快飛」。

2014.1128

尋友未遇

重溫舊時夢
不道當年情切
多年奔波苦
而今滄海尋蹤
心如風催雲
遙遙尋覓落處

且問當今汝何在
山巔水湄？城市高樓？
還是仍在
距離地獄最近的地方？

2014.1126

訪老友 一悲嘆

你沒說　生命中的銅雕
是甚麼？
你忘了說
銅雕的不朽
是你的輝煌

我不記得是否問過
走來的歲月
你歡笑過
幾回　豪飲的青春
又是幾回
而今　憑窗
蒼老獨對夕陽　迎來蒼茫山風

2014.0627

念舊時

今時文字舊時情，多少前塵往事，
年少時，不及紀錄。
而今人已中年，俯首低吟，
已不見洶湧心浪。
徒留文字，也道不盡昔日瑣碎，
寒夜翻身，暑晨獨飲，
細數腳印斑斑！
算不盡年少，多少風流韻事啊！

2013.0711

華岡 那一夜

我真希望我點頭說好
我們在風霧裡
花傘外　細雨綿綿

當年亭台樓閣
妳長裙飄在風裡
嫣笑於百花池畔
我踏雨濺水而來
迎妳入月色

華岡那一年
我真希望我點頭說好

2013.0825

海峽詠

看完來信，一時間不知該說些什麼？
想妳從當年去了上海，一路顛沛流離，
起起落落。
心有不捨，又無能無力相助。
只好看妳人生淨沉，在兩岸間。

每回來信告知新況，說又有新宿處、
新雇主。
心裡默默祝福，也暗暗擔憂。
憂妳不知何時？又將打回原形。
有此擔憂，不敢開口。
仰望星海，遙寄句句祝福。

2006.01.22

我依舊如昔啊

聽說你在減肥，切記，健康勝過一切！
今年你不回來了，是生活的高彩度，淡薄了？
還是生命的厚實度，輕浮了？
因為了解你一點，除了上述兩項理由，
妳沒有理由，不回家過年。
當然，最主要是來看我。我依舊如昔啊！
妳呢？又過一年了。
五年的上海繁華，可真的成就了妳的理想嗎？
妳的家人與我，都不會去在意，
care 的是你快樂、身體健康否？
尤其是我，怎會以妳的上海行的結果，重新看待
你呢？
除非，上海改變了妳的本性，繁華虛添了你，
讓你自己質變，否則，你仍是我們心中那個你啊！

已是深夜了。我要下班了。
工作疲乏我的心靈，但對妳的思念，堆積多時，
今終能敘說一二，也算輕卸心中塊壘！
殷盼年中能回台！

2011.0225

春風拂過山頭月

就回來吧
故鄉沒有多金
江山多嬌媚
伴有我的深情

就回來吧
故國山河猶在
故親日漸稀微
中年如我　老帥氣一抹

就回來吧
僅剩人生幾個秋
能品幾杯耶加雪菲
能有共飲豪情幾人
幾人？可賞春風拂過山頭月

2019.0725

蒼鬱之內

（一）
浸在選戰的政治口水，
漫身餿臭，淹沒幾許自我風格！
誰也不是我的主子，我也不是誰的子
民。
有些理念思辨、情勢觀察。
有時藍正綠邪，有時正邪相反。
嘴上的正義、公理，風中逝；
手裡的私心、私利，口袋滿。

2006.1129

（二）
善用 50 年智慧，
打一場攸關別人仕途的選戰。

贏了，都是候選人的榮耀；
輸了，都是算自己的敗帳。
千秋萬世，不會有人記得文宣勝手、
不會有人提及策略專家。
千秋萬世，只記得轉敗為勝的戰將，
只談起化險為夷的勝者。

2006.1211

（三）
贏贏偏，博甲輸！
不甘心、不甘願之後，
另一個生涯的迴轉，嘎然退回原點。

本就不是將帥，這回成不了士相，
趕馬走砲飛車，橫兵縱卒。
驛動的心，披載幾度星月啊！

中年的下一步，
仍然，星月依稀，風雨如晦。

2006.1219

誰鎖西窗

喚不到春歸的計程車
秋風吹來了落葉
倉皇中乘秋葉而去

沒來得及關上的西窗
要誰鎖上
要誰鎖上

2014.0428

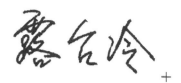
露台冷

佇立露台
用一根煙等妳回電
那晚輕躍清脆的語音
說著你簡樸的七年生活
見到了太陽
認識了星月
分清楚了薔薇不是玫瑰

佇立露台
用一杯高粱想妳
七年前的三年生活情景
澀澀綿綿的聲音
唉
冷身冷心冷性靈
冷風冷雨冷酸酸

2014.0204

春曉四季

笑說你是我心中的玫瑰，千種風情。
我獨鍾白玫瑰，如妳美人韻雅細緻。
時有風吹輕盈，時有星耀影媚；
時如裸月薄亮，時如石上涓流。
平靜生活，等待一季春曉，
狂潮如初一十五。

2014.0120

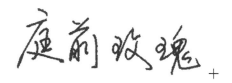

庭前玫瑰 +

我在清晨的茶湯醒來
庭前玫瑰枝葉搖曳

那日午后
紅衫迎風　笑容嬌艷
妳說起前年的遊歐樂事
長髮輕輕甩　眉宇舒舒放

我的黑咖啡映著我的微笑
甘醇悠遠　存留至今

2013.0917

風吹的午后

比預期時間早到
咖啡沒有走味　妳
淚濕嬌容的玫瑰佳人

風吹的午后
遠天灰白　雲如墨渲染五色
咖啡甘醇如昔　我翩翩來到
風清拂鬢髮　幽香溫依舊～～

陣雨的午后
笑語輕盈　素淨容顏酒窩再現
妳也望見了　彩虹橫臥濕雨天

2013.0928

春心溫溫

對酌河堤垂柳下
晚風習習　春心溫溫

泣訴離愁離怨　也喜風吹西水流東
慨歎昨日虛華　而今心清淨容素雅

輕笑一聲　妳乾淨殘酒
微笑頷首　我隨風飲露
遠天雲遮月　河堤垂柳影成雙

2013.0801

裸月

藍黑的雲
遮掩成絕亮的半裸月
掛在車前玻璃上

欣賞裸月
煎熬成路上龜速車
猶豫心　徘徊的雲

午夜　一杯酒
安不了眠
午後　一根菸
靜不下心

2010.0325

念念如來

點一客櫻花蝦炒飯，
走出餐廳，在老樹虬根間，
點燃一根菸。

菸霧大口噫出，隨著習習涼風，
輕輕飄去。
蛙聲鳴叫不停，流水淙淙幽悶，
念念如來。

再吐清煙，遠方一個人的笑容，
煞時霧現。
彈掉菸蒂，櫻花蝦炒飯淡無味。
友人言語，只聞聲音響不知意。

一路行車過高屏大橋，一抹思念，
曝曬艷陽啊！

2013.0823

且在花季

　　且叫牡丹開逐顏
　　且聽花瓣吟片語
　　且在花季喜相逢
　　且讓春山橫水流

2013.0926

買青春

问妳青春，一斤賣多少？
问妳銀行，存款有多少？
阮兮青春，甭想麥分閑賣？
阮兮銀行，數字是有夠濟（多）！

查某人有錢，買家己兮青春，
一斤萬兩，無嫌貴！
有錢兮查埔人，買別人兮青春，
萬兩一斤，未見笑！

2013.0628

午后

談你
在你病後的一年十個月
談你遇貴人後的人生夢想

談我
一個中年的午后　安穩的現狀
陽光火熱　清風徐徐
越南咖啡飄溢煉乳香
鄰桌熟女散發香水味

我的煙霧
你的夢言夢語
今天最完美的結局

2013.0806

孤獨

雲深不知處的某個洞口
我在　我在喝著茶
等妳從洞內走來

時間　在白雲藍天忽焉過
心情　任清風明月對面來
茶湯　我不會等它涼了
潤潤溫口
等你走出洞來

2016.0406

一心孤對窗前月

江湖行走，多數不服老。
如我自承中年，更是老朽！

夜裡自問：
多少日夜奔波，所得為何？
一屋一妻一子一女，
存摺一本，數字歸零。

早知夜深人靜，無痛自哀，
就是好此獨處：
一根菸、一杯酒、
一語一言、一心孤對窗前月！
唉！老朽中年。

2005.0808

餘生皆春曉

人生事，可以笑得燦爛，何等幸福！
之前的妳，懸宕的一顆心，
印在藏憂隱傷的眉宇。

今日，散分的髮絲，
飄飛笑意，語氣歡樂！
何等幸福，催化葉綠花開，
餘生如春！

2007.01.08

尋春的軌跡

春天的花色　迷路在長巷
春天的氣息　歇止於琴鍵
我的春韻
是你溫潤的唇舌
不因四季更迭而乾涸

在這早晚的秋涼裡
人們不忘添衣
我的春裝不用加錦衣

2016115

日頭西下
巷弄家燈幾戶還暗著
晚風一樣吹著
涼涼爽爽的風裡
煎魚香　爆蒜香　香入晚風
鍋鏟聲　女嬰聲　聲聲入耳
就五分鐘路程
到巷頭的全聯買塊豆腐
走著走著　走出一抹幸福

2018.0715

後記　當疫情噬嚙藝術春情

　　你說，多做「藝術複眼」的藝術書寫，易讀易解，未必要藝術語言，社會性文字、生活化語氣，說說作品，讓藝術更生活化！

　　你說，再來校準定位，書寫藝術家，依年代、作品、類型、媒材等分類。

　　你說，邀請幾位顧問，除藝術家與作品採訪外，迎上國際藝術潮流！

　　我微笑回說，藝術風貌，尤其當代，千款風情，怎能不恭謹以對呢！

　　我不是藝術人，我是媒體人。

　　從媒體解嚴後的激烈競爭，SARS之後亟待萌發的藝術花園，而今，高雄藝術花園，已經是繽紛芬芳得百花爭艷、千花競妍了！

　　你說，既已撩撥了藝術春情，就續來吹皺一池春水吧！

　　呵呵，藝術賢拜們期勉。我笑，和風惠暢！

　　春風正撩撥春情，而悄悄來臨的疫情病毒，噬嚙藝術春情，以致濃郁艷麗而高昂之曲，嘎然而息。只剩耶加雪菲微微酸香，酸香散入東風，而成：

《中年男子情思境》。

　　這《情思境》書內文字，整理自 2003～2019 年，其中「低吟淺唱疫情曲」則是這兩年餘的焦慮心境。

2022/07/19

國家圖書館出版品預行編目資料

中年男子情思境／李新著. --初版.--臺中市：
白象文化事業有限公司，2023.3
　　面；　公分
ISBN 978-626-7189-84-9（平裝）

863.51　　　　　　　　　111018051

中年男子情思境

作　　　者　李新
校　　　對　李新
發 行 人　張輝潭
出版發行　白象文化事業有限公司
　　　　　412台中市大里區科技路1號8樓之2（台中軟體園區）
　　　　　出版專線：（04）2496-5995　　傳真：（04）2496-9901
　　　　　401台中市東區和平街228巷44號（經銷部）
　　　　　購書專線：（04）2220-8589　　傳真：（04）2220-8505
專案主編　李婕
出版編印　林榮威、陳逸儒、黃麗穎、水邊、陳媁婷、李婕
設計創意　張禮南、何佳諠
經紀企劃　張輝潭、徐錦淳、廖書湘
經銷推廣　李莉吟、莊博亞、劉育姍、林政泓
行銷宣傳　黃姿虹、沈若瑜
營運管理　林金郎、曾千熏
印　　　刷　百通科技股份有限公司
初版一刷　2023 年 3 月
定　　　價　220 元

缺頁或破損請寄回更換